배추에 묻은 흙
무시하지 마라

배추에 묻은 흙 무시하지 마라

발행일   2016년 12월 15일

지은이   정 영 화   사진   정연욱
펴낸이   손 형 국
펴낸곳   (주)북랩
편집인   선일영   편집   이종무, 권유선, 김송이
디자인   이현수, 이정아, 김민하, 한수희   제작   박기성, 황동현, 구성우
마케팅   김회란, 박진관
출판등록   2004. 12. 1(제2012-000051호)
주소   서울시 금천구 가산디지털 1로 168, 우림라이온스밸리 B동 B113, 114호
홈페이지   www.book.co.kr
전화번호   (02)2026-5777   팩스   (02)2026-5747

ISBN   979-11-5987-365-2 03810(종이책)   979-11-5987-366-9 05810(전자책)

이 도서의 국립중앙도서관 출판예정도서목록(CIP)은 서지정보유통지원시스템 홈페이지(http://seoji.
nl.go.kr)와 국가자료공동목록시스템(http://www.nl.go.kr/kolisnet)에서 이용하실 수 있습니다.
(CIP제어번호 : CIP2016029899)

(주)북랩 성공출판의 파트너

북랩 홈페이지와 패밀리 사이트에서 다양한 출판 솔루션을 만나 보세요!
홈페이지 book.co.kr   1인출판 플랫폼 해피소드 happisode.com
블로그 blog.naver.com/essaybook   원고모집 book@book.co.kr

배추에 묻은 흙
무시하지 마라

시인 정영화 | 사진 정연욱

아버지가 쓴 시와
아들이 찍은 사진을
한 권에 담다

북랩 book Lab

보잘것없는 조각들을
이리저리 붙이고
꿰매어 만든
조각보 같은 시 한 편

어느 누구
마음속 밥 한 그릇
따스하게 덮을 수는 있으려나

2016년 12월
정영화

차례

1장

더불어 사는 삶을 꿈꾸며

배추에 묻은 흙 무시하지 마라

배추밭에는 배추만 귀한 몸 아니다.

흙이 살아야 배추도 산다.

배추밭

배추에 묻은 흙 무시하지 마라
배추밭에는 배추만 귀한 몸 아니다.
흙이 살아야 배추도 산다.

세상에는 무시당할 존재도 없고
귀한 몸 따로 있는 것도 아니다.
단지 더불어 살아갈 뿐이다.
주어진 생김새대로

배추 나르는 농부 옷에 묻은 흙은
그에겐 희망 같은 것이다.
배추에 묻은 흙 무시하지 마라

모자와 신발

모자는
어쩌다 한 번씩 모양내고 외출해서는
어려움도 거의 모르고
높은 데서 품위 있게
내려다본 것을 자랑하며 살아간다.

신발은
쉬는 날 별로 없이 흙 묻히며 생활하고
돌부리에 걸리기도 하고
생채기도 나면서
몸으로 생생히 겪어내며 살아간다.

줄서기

노란색 옷 입고 예쁜 팔 흔들며
소풍을 가는지
나들이 가는지
햇병아리 아이들 줄지어 간다.
선생님 따라 삐약삐약

잠 설치는 새벽녘 동트기 기다려
부지런히 간 곳
교회당 앞에
할아버지 할머니 줄지어 서 있다.
동전 한 닢 받으려고

그대 지금 어디에 줄지어 서 있는가
높은 산 오르는 행렬에 끼어 있는가
모자 눌러 쓰고 낚시꾼들 사이에서
강물에 비친 달을
낚고 있지는 않은가

청춘아

앞길이 안개로 덮여
한 치 앞을 알 수 없어
곁눈질할 여유가 없더라도
걷히지 않는 안개는 없으리니

청춘아
희망의 끈을 놓지 않는 한
언젠가 푸른 향기를 뿜어낼
청춘아

더 나은 앞날은 눈부시게 찾아오리니
앞에 간 사람 발자국 벗 삼아
힘차게 걸어가자
무엇을 주고도 못 바꿀 청춘이여

뿌리 깊은 나무의 눈물

뿌리 깊은 나무가
세찬 비바람에
눈물을 흩뿌린다.
어제도
오늘도
되풀이되는
가슴 아린 일들을 보면서

깊은 잠 빠져있는 현실을
깨우지도 못하고
그들의 아픈 가슴을
아물게 해주지도 못해
뿌리 깊은 나무는
속이 타들어 간다.
비는 오는데

2장

그리움이
피어오를 때

바람아

어디에선가 혹시 그를 보거든

그 사람 숨결이라도 싣고 와다오

추억 여행

가을에는
오래된 사진첩을 꺼내보세요
지나온 발걸음 눈으로 여행해봐요
어린 시절도
젊은 시절도
기차 차창 밖 멋진 풍경 지나가듯
스쳐 갈 거예요

낙엽 질 땐
고궁 옆 가로수길 걸어보세요
낙엽을 밟으며 옛 시절 떠올려봐요
슬픈 기억도
기쁜 기억도
모두 이제는 예쁜 단풍 물이 들듯
변했을 거예요

그 사람

바람아 너는 보았니
호수같이 잔잔하던 그 눈빛
노을처럼 은은하던 그 미소

바람아 너는 들었니
고운 향기 머금었던 그 목소리
벚꽃 길 함께 걷던 그 발소리

바람아
너처럼 어디라도 갈 수 있다면
그 사람 옷깃이라도 스쳐볼 텐데

바람아
어디에선가 혹시 그를 보거든
그 사람 숨결이라도 싣고 와다오

멀리 있어도

하나둘 믿음의 기둥을 세우고
한 켜 두 켜 꿈의 벽돌을 쌓아 짓던
사랑의 오두막집

영원할 것 같던 그 집이 무너지던 날
잔해 속에서 찾아낸
조각난 순간순간들

멀리 있어도
한 조각 한 조각 모아
추억의 성을 쌓아봅니다.
한쪽 가슴엔 후회의 조각으로
다른 가슴엔 그리움의 조각으로

첫눈이 내리면

창밖에 살포시
첫눈이 내리면
눈송이 사이로
어리는 그 시절

눈발이 세지면
그리움 커지고
그리움 굴러서
눈사람 되지요

아이들 만드는
신나는 눈사람
내 맘이 키우는
그리운 눈사람

파도

파도가 밀려온다.
바닷가 모래사장에
하얀 거품을 뿌려댄다.
화폭에 붓질하는 화가처럼
파도가 철썩철썩 그림을 그린다.

그리움이 밀려온다.
바닷가 맨발로 뛰던
푸르던 시절이 떠오른다.
바다 위 떠다니는 구름처럼
그리움이 뭉게뭉게 피어오른다.

3장

희망을
찾아서

돌아가는 길은

품이 넉넉한 한복처럼

모두 감싸 안으며 가는 길

지금 보이지 않는 것

지금 서 있는 곳에 햇빛 들지 않아도
태양이 없는 것 아니듯

목 타는 사막 길 걷는 낙타가
언젠가 오아시스를 만나듯

지금 보이지 않는 것이
먼 훗날 보일 수 있다.

지금 가슴 아파서 눈물 흘린다고
웃을 일이 없는 것 아니듯

돌부리에 걸려 넘어져 상처가 나도
언젠가 새 살이 올라오듯

지금 보이지 않는 것이
먼 훗날 보일 수 있다.

까치밥

감나무 가지에 몇 개 달린 까치밥
바라만 보아도 따스하다.

날갯짓 지친 새가 와서 먹을까
떨어져 벌레들이 먹을까

사람도 먹고
새도 먹고
벌레도 먹으니
생명의 합창이 울려 퍼지네

그런 날

은은한 향기만 넘쳐나는
그런 날이 찾아오리라
내가 아끼는 것
당신이 귀하게 여기는 것
우리 함께 지켜주는 그런 날

따스한 햇살만 넘실대는
그런 날이 찾아오리라
슬픔에 젖지 않고
당신 기쁨이 내 기쁨 되며
우리 함께 웃으며 사는 그런 날

조각보 같은 시

보잘것없는 조각들을
이리저리 붙이고
꿰매어 만든
조각보 같은 시 한 편

이것저것 덮어 보니
귀한 것은 제대로 안 덮이고
삐저나오는
어설픈 조각보

어느 누구
마음속 밥 한 그릇
따스하게 덮을 수는 있으려나

돌아가는 길

돌아가는 길은
지름길보다 늦지만
따뜻한 마음 솟아나는 길
길가 키 큰 나무 작은 나무 들풀
함께 어울려 화합하며 사는 세상

돌아가는 길은
품이 넉넉한 한복처럼
모두 감싸 안으며 가는 길
화살 같은 지름길과는 다르게
약한 것들도 보살피며 사는 세상

4장

행복은
가까이에

그래도 녹슨 삽이라도 곁에 있으니

외롭진 않다.

노인에게 지팡이처럼

어설픈 시인의 연필처럼

주머니 속 행복

주머니 속에 들어있는 과자 몇 조각
한 아이를 춤추게 한다.
신이 나서 걸음걸이가 날아간다.

주머니 속에 넣어둔 사랑 편지
어떤 청춘은 두근두근 꺼내 읽고
다시 넣어두고는
금세 다시 꺼내 한 줄씩 곱씹어본다.

겨울날 주머니 속 손난로
내 손을 따스하게 잡아준다.
추울수록 더 고맙다.

주머니 속에 큰 행복 이미 와 있다.

녹슨 삽

녹슨 삽으로 밭을 파 본다.
삽 끝이 무뎌서 잘 안 파진다.

파다가 쉬다가
쉬는 시간이 훨씬 더 많다.
지팡이 짚고 길 걷는 노인 모습이다.
어설픈 시인의 시 쓰는 모습이다.

그래도 녹슨 삽이라도 곁에 있으니
외롭진 않다.
노인에게 지팡이처럼
어설픈 시인의 연필처럼

손수건

여름철 손목에 두르면 팔찌가 되고
흐르는 땀도 닦아 준다.
예쁜 옷 입고 벤치에 앉을 때면
얇은 방석이 되어 준다.

진짜 고마운 것은
슬플 때 눈물을 닦아 주는 것
생긴 것이 네모라서 차가울 듯한데
마음씨가 따뜻하다.

주머니 속에서 침묵하며 지내다가
필요할 땐 언제든
행동으로 보여주는
속 깊은 친구

선물

이 세상에 태어났음이 선물이요
오늘 다시 해를 볼 수 있음이 선물이다.

그리움이 선물이요
반가움을 가져다줄 외로움도 선물이다.

희망이 선물이요
채울 것 남아있는 부족함도 선물이다.

고마운 마음으로 맞이하면
천지가 선물이다.

소중한 친구

마음이 허전할 때 찾아갈
고향 같은 친구 그대 곁에 있는가

힘들 때 찾아가면 언제라도
반가워하고
위로해주고
용기를 주고
편안케 해주는
소중한 친구 그대 곁에 있는가

산길에 피어 손 흔드는 이름 모를 꽃들
즐겁게 노래하는 새들
나뭇가지 미끄럼 타는 청설모
잠시 쉬어가는 바위턱
소중한 친구는 멀지 않은 곳에 있다.

5장

사랑하는
마음으로

별빛 내려와 쓰다듬기도 하고

달님 축복도 받으면서

들꽃 한 송이 비로소 피어난다.

흔들리는 마음

사랑한다는 것은
적당한 간격을 두고 서서
열매가 익어가는 것을 보면서
마음속 실눈을 뜨고
순간순간 거리를 재며
애태우는 것

때로는
한 발 더 물러설 것을
때로는
한 발 더 다가설 것을
갈대처럼
흔들리는 마음으로

아기 숟가락

요람 속 아기 고사리손처럼
등에 업힌 아기 발가락처럼
귀여운 아기 숟가락

건강하게 자라길 비는 마음 듬뿍 얹어
턱받이에 흘려가며
밥 먹이던 아기 숟가락

애 아플 땐 사랑이 모자란가 걱정 속에
정성 다해 기도하며
약 먹이던 아기 숟가락

이제는 볼품없이 낡았지만
늠름하게 자란 아이
수호신으로 남아있네

들꽃

들꽃 한 송이 거저 피지 않는다.

봄볕도 쬐고
나비들 입맞춤도 받고

빗방울에 젖기도 하고
바람에 견디기도 하고

별빛 내려와 쓰다듬기도 하고
달님 축복도 받으면서

들꽃 한 송이 비로소 피어난다.

자식

고운 빛이 나기도 하고
미운 빛이 비치기도 하는
얄궂은 보석

나는 비록 못생긴 돌멩이로
이리저리 굴러다녔지만

세상을 밝게 비추는
고운 보석이 되었으면

영원히 영원히

저 하늘은 다 보았네
꽃 피던 시절도 낙화의 슬픈 순간도

저 산은 다 견뎠네
굽이굽이 고갯길 넘던 역사의 무게를

저 들판은 받아내었네
우리의 땀과 눈물을 드넓은 가슴으로

저 구름아 실어가 다오
희망 노랫소리를 하늘 높은 곳까지

저 바람아 퍼뜨려다오
무궁화 꽃향기를 영원히 영원히

6장

순수함을
찾아서

아이의 눈은 파란 하늘이다.

잠시는 찌푸릴 때 있지만

금세 활짝 갠다.

아이의 눈

아이의 눈은 파란 하늘이다.
잠시는 찌푸릴 때 있지만
금세 활짝 갠다.
가끔 실구름 몇 개 띄우며
흐린 척도 하지만

아이의 눈은 맑은 호수이다.
깊은 속 감추지도 못하고
쉽게 들켜 버린다.
때론 나뭇잎 몇 장 띄우며
가려보긴 하지만

함박눈

함박눈이 내린다.
이웃에게 떡 돌리듯
솜처럼 내린다.
언 마음 포근하게

세상을 환하게
천사 되어 내린다.
교회당에도 교도소에도
천사들이 날아간다.

천사들이 내린 곳에
피어나는 하얀 마음

눈물

아이의 눈물에선 향긋한 냄새가 난다.
조그마한 선물에도 눈물이 멎으니
눈물이 축복임을 아이는 알고 있다.
아이의 눈물은 거짓도 진실 같다.

어른의 눈물에선 쓰디쓴 냄새가 난다.
누군가에 들킬까 봐 목 안으로 삼키고
참으려다 쏟아지니 멈추기도 힘겹다.
어른의 눈물은 진실도 거짓 같다.

하얀 도화지

하얀 도화지 위에
처음부터 다시 그릴 수 있다면
평화의 미소
사랑의 미소
미소 띤 얼굴들로만 그리고 싶다.

누가 그렸을까
화난 얼굴
일그러진 얼굴
아무도 원치 않는 그림을

하얀 도화지 위에
태초의 모습으로 다시 그릴 수 있다면

새하얗다

높은 산꼭대기 잔뜩 쌓인 눈
하얗다.
책상 위 화병 속 흐드러진 안개꽃
하얗다.
예쁜 신부가 입은 웨딩드레스
하얗다.

아이의 천진난만한 마음
새하얗다.
기쁠 때나 슬플 때나 한결같은 마음
새하얗다.
왼손 모르게 오른손 내민 천사 마음
새하얗다.

7장

사람 사는
냄새 속으로

아름다운 사람은
하물며 무슨 말을 하더라도
언제든지 향기가 퍼져 나온다.

아름다운 사람

아름다운 나무는
예쁜 꽃 필 때도
단풍이 들 때도
하물며 모든 것을 떨궈버린
겨울에도 눈길을 잡아당긴다.

아름다운 사람은
어떤 옷을 입든
어떤 일을 하든
하물며 무슨 말을 하더라도
언제든지 향기가 퍼져 나온다.

촛불 같은 삶

여행길 지친 나그네에게
시원한 그늘 되어줄 수 있다면

정에 목마른 이에게
막걸리 되어 목 축여줄 수 있다면

사랑하는 이 마음 헤아려
소중한 것 말없이 내려놓을 수 있다면

그런 촛불같이 밝은 일들이 모여
세상이 조금 더 환해질 수 있다면

시장 냄새

과일 가게 달콤한 과일 냄새
잔치 국숫집 멸치 육수 냄새
옛날 통닭집 통닭 튀기는 냄새
오가는 흥정소리
덤 놓는 소리
푸짐하게 뒤섞인 시장 냄새

안쪽이 훤히 들여다보이는 선술집
단골손님들 와자지껄 소리
양은그릇에 막걸리 따르는 소리
빈대떡 부치는 소리
장단 맞추니
사람 냄새 그윽한 시장 냄새

눈사람

겨울밤 보름달빛 흠뻑 맞고 서 있는
아빠 눈사람 꼬마 눈사람
정답기 그지없는 모습으로
무얼 하고 있는 걸까

추운 날씨에도 맨바닥에 앉아
달님께 소원을 비는 걸까
겨울밤 내내 긴 설렘으로
멀리서 오는 손님을 기다리는 걸까

강물이 사는 법

강물은
어깨동무하고 함께 흐른다.

강물은
너무 많은 것을 지니고 가지 않는다.

강물은
바위를 만나면 비켜 지나갈 줄 안다.

강물은
지나온 길에 매달리지 않는다.

8장

그리운
사람들은
어디에

옛 분위기 풍기는 낯선 골목길에서

지나간 흔적들을

찾고 있지는 않을까

술래잡기

추석날 밤 문득 보름달 바라보니
어릴 적 달빛 아래 술래잡기하던
이웃집 형 누나 동생 친구들
아련히 떠오르네

지금은 어디서 술래가 되어
무엇을 찾고 있을까

솜처럼 포근한 사랑일까
맑고 아름다운 영혼일까
옛 분위기 풍기는 낯선 골목길에서
지나간 흔적들을 찾고 있지는 않을까

가을 공원

공원에 수북한 낙엽은 옛 친구 편지

공원 긴 의자에 앉아
젊음을 함께 노래하던
옛 친구 모습은
이젠 공원 나무들 사이
햇살 속에 잠시 머물 뿐

아스라한 그 모습은
떨어지는 낙엽을 따라
사라져 가네
아쉬운 작별인사
낙엽에 써 놓고는

꿈 많던 시절

노을이 지는 석양을 보면
아른거리는 그 시절
친구랑 지내는 것이 너무 즐거워
하루 해 지는 것 걱정이던 시절
따사로운 햇살이 되어
찾아가고픈 그 시절

낙엽이 지는 가을이 오면
눈에 스치는 그 시절
선술집 막걸릿잔에 포부를 담아
덜 익은 푸른 꿈 펼쳐내던 시절
꿈속이라도 바람이 되어
날아가고픈 그 시절

그리운 친구

눈 쌓인 나뭇가지에 바람이 불면
바람결에 들리는 친구 목소리

하늘 저편 이국땅 멀리 떠나간
영혼이 해맑았던 순수한 친구

겨울바람 차가우면 보고파지는
가슴이 따뜻했던 정 많은 친구

눈 녹는 봄이 오면 다시 보려나
하늘 저편 이국땅 그리운 친구

집터

어릴 적 살던 동네 모처럼 찾아가니
애들 소리 꽉 찼던 골목길 그대론데
겨울밤 창문 열고 찹쌀떡 사 먹던
나 살던 집 어디 가고 집터만 남았구나

다니던 초등학교 운동장 둘러보니
뛰놀다 매달리던 철봉대 그대론데
겨울철 눈 위에서 신나게 뒹굴던
친구들 어디 가고 추억만 남았구나

9장

삶의
여정에서

넓은 가슴을 가진 바다도

비바람 몰아칠 땐 울기도 하면서

오랜 세월 살아왔을 테니

술 한 잔

따뜻한 술 한 잔 되어
누군가의 언 가슴 녹여준 일 없으면
홀로 술 마시는 사람 흉보지 마소

그가 술잔에서 들이키는 것은
술이 아니라
슬픔을 삭이면서 목구멍으로 넘긴
눈물이오

넓은 가슴을 가진 바다도
비바람 몰아칠 땐 울기도 하면서
오랜 세월 살아왔을 테니

보관함

가슴 속에 보관함 하나 있지요
그리움도
설렘도
슬픔도 담아두지요

말할 수 없이 가슴 아플 땐
울음보를 잠시 보관했다가
인적 드문 골목에서 다시 꺼내
소리 내 울기도 하지요

태풍에 나뭇가지들 부러져 나가도
산은 꿈쩍 않고 버텨내듯
온갖 험한 날에도 견딜 수 있는 것은
가슴속 보관함 덕분이라오

길 위에서

누구는 자유를 위해
목숨을 걸고
누구는 연명하려고
자유를 버린다.

세상이 마련해놓은 굴레 속에서
이 길인가
저 길인가
더듬더듬 걸어간다.

까만 밤
하얀 머릿속을
가로등 불빛이
희미하게 두드린다.

진실

굳은 날에 비로소 보인다.
맑은 날에 보지 못한 것

기차역

기차가 쉬지 않고 달릴 수는 없다.
캄캄한 밤
멀리서 반짝이는 불빛들을
힐끗힐끗 곁눈질하며
짙게 드리운 어둠을 뚫고
숨이 차도록
달릴지라도

기차가 가끔은 쉬면서 가야 한다.
중간중간
기차역마다 짐도 내려놓고
정든 사람들 떠나보내고
새로운 인연도 맺으면서
종착역까지
내 인생처럼

10장

삶을
되돌아보며

|

내 귀가 바늘귀처럼 안 좁아졌으면

내 입은 바늘귀처럼 좁아졌으면

바늘귀

바늘귀에 실 꿰느라 애먹을 때마다
투덜거림이 절로 나온다.
바늘귀가 좁지만
몸통에 비하면 좁은 것도 아닌데

내 귀는 내 몸통에 어울리는가
내 귀가 바늘귀처럼 안 좁아졌으면
다른 사람 말 헤아릴 수 있게

내 입은 내 몸통에 어울리는가
내 입은 바늘귀처럼 좁아졌으면
말조심할 수 있게

회상

어린 시절
골목길에 아이들 빼곡히 모여
딱지치기 구슬치기 줄넘기하느라
해 지는 줄 모르고 신났지
모두들 하루하루 즐겁게 뛰놀았지

겨울에는
눈 덮인 널따란 공터에서
눈 뭉쳐서 성을 쌓으며
아이들만의 세상을 꿈꾸었지
성안에선 모두 승리자가 되었지

골목을 벗어나면
슬픈 일도 많고 패배도 한다는 것을
한참 후에야 알게 되었지
오랜 세월 쌓아 올린 성이
순식간에 무너질 수 있다는 것도

고물

고물이 되어서 안 쓰는 것 아니다.
안 써서 고물이 된다.

한옥 낡은 대문에는
드나드는 사람들 숨결이 살아있고
손길 자주 받은 고가구는
은은한 향기를 자아낸다.

오래되었다고 쓸모없는 것 아니다.
눌러앉으면 고물이 된다.

두 마음

내가 사랑한다고 했는데
누군가는 미워한다고 듣기도 한다.

때로는 내가 미워한다고 써놓고
나 스스로 사랑한다고 읽기도 한다.

내가 쓴 것은 내 마음인가
아니면 내 마음의 그림자인가

가을 잔디

가을 내음 숲길 가로질러
은은하게 배어오는 계절
다가올 겨울 기다리며
낙엽 이불 삼아 누워있는 가을 잔디

서글프게 부는 가을바람
작은 잎새 잎새에 머금고는
날아들어 노니는 철새
넓은 가슴으로 안아주는 가을 잔디

지나온 시절 되돌아보며
차츰 스러지는 저녁노을
홀로 바라보는 노신사
희끗희끗한 머리털 같은 가을 잔디

11장

삶의
흔적과
아쉬움

전쟁에서 받은 훈장은

가슴에 달지만

인생살이에서 받은 훈장은

몸과 마음에 새겨진다.

인생 훈장

전쟁에서는
공을 세워야 훈장을 받고
인생살이에서는
누구나 훈장을 받는다.

전쟁에서 받은 훈장은
가슴에 달지만
인생살이에서 받은 훈장은
몸과 마음에 새겨진다.
주름살이며
사랑으로 부활한 가슴앓이들이다.

매미

매미가 서럽게 울어댄다.
젊은 시절
좋은 시절
합해봐야 몇 날 뿐이라고

까꿍

어린아이에게 까꿍 하면
자지러지게 웃어댄다.
옆에 있는 사람도 미소가 절로 난다.
까꿍 소리 한마디가 그렇게도 좋은지

집에서 남몰래
까꿍 놀이해 본다.
거울 보며 까꿍 하니
주름진 이마 아래 슬픈 눈이 보인다.

아쉬운 청춘

봄꽃 향기 내 마음 들뜨게 하고
여름철 푸른 숲 젊은 체해도
가을바람 낙엽을 떨구고 가듯
번개처럼 지나가는 아쉬운 청춘

좋은 계절 다 지나 찬바람 불고
마음은 청춘인데 거북이걸음
가는 세월 잡으려다 헛손질하니
천둥처럼 큰 소리로 울어나 보세

세월

강가에 홀로 서서 내려다보면
세월은 강물처럼 흘러만 간다.
못 다 부른 꿈의 노래 가득 싣고서

기우는 저녁 하늘 바라다보면
세월은 구름처럼 흘러만 간다.
이런저런 아쉬움만 가득 남기고

12장

삶의
조각들을
모아서 (1)

사랑하는 이의 미소가

사랑하는 이의 행복이

사랑하는 이의 기도가

인생길 가장 든든한 나침반이다.

오래된 사진

누렇게 빛바랜 테두리
어릴 적 사진 속
고사리손에
볼살 탱탱한 뽀얀 얼굴
옛 생각 떠오를 때 찾아가는
마음속 고향

오래된 사진 속 어린 나는
언제 찾아가도
늘 반겨주네
세월이 아무리 흘러도
그 자리 지키고 앉아있는
고향 강산처럼

나침반

철학을 잘 모른들 어떠하랴
예술을 잘 모른들 어떠하랴

무거운 짐에 어깨가 짓눌릴 때도
세찬 파도와 싸워야 할 때도
사랑하는 사람이 있다면
헤쳐 나갈 수 있다.

사랑하는 이의 미소가
사랑하는 이의 행복이
사랑하는 이의 기도가
인생길 가장 든든한 나침반이다.

가을

단풍 드는 산은
임이 오는 모습
노란 저고리에
붉은 치마 입고
다가오는 당신
내 마음 빼앗네

떨어지는 낙엽
임이 가는 모습
가을바람 부는
휑한 나뭇가지
떠나는 뒷모습
내 마음 울리네

빨래

빨랫줄에 널려 있는 하얀 빨래
마주하고 기도하면
나도 맑은 마음 갖게 되진 않을까
마음속 찌든 때 쏙 빠져서

그리하여 마주치는 사람에게
미소 지며 다가가면
그도 맑은 마음 품게 되진 않을까
하얗게 빛나는 빨래처럼

말

상처받은 말은
가슴속에 얼음으로 남아
꽃 피는 봄날에도
시리도록 찔러댄다.

격려받은 말은
가슴속에 사랑으로 남아
계절을 안 가리고
예쁜 꽃을 피워낸다.

13장

삶의
조각들을
모아서 (2)

내가 지금 많은 일 할 수는 없어도

세상을 위해 작은 일 하나는 할 수 있다.

내가 할 수 있는 것

내가 지금 많은 일 할 수는 없어도
세상을 위해 작은 일 하나는 할 수 있다.

내가 지금 많은 재물 없어도
작은 나무 한 그루는 키울 수 있다.

내가 지금 많은 사람 도울 수는 없어도
한 사람 손을 잡아줄 수는 있다.

내가 만난 사람에게 덕담은 못 해 줘도
가슴 아프게 할 악담은 안 할 수 있다.

내가 친구의 슬픈 일 막아줄 순 없어도
가슴 뜨겁게 그를 안아줄 수는 있다.

내가 여러 사람한테 사랑받진 못 해도
몇 사람에게 사랑을 줄 수는 있다.

또 다른 세상

당신이 실연당해 괴로워할 때도
당신이 절망에 빠져 허우적댈 때도
강물은 여전히 아름답게 흐르고 있다.

당신 마음속에 찬 서리 내릴 때도
당신 가슴에 겨울이 찾아들 때도
산에는 여전히 예쁜 꽃들이 피고 있다.

내가 세운 울타리 밖으로 나가
아름다운 것들에게 걸어가 보자
또 다른 세상은 누구에게나 열려 있다.

단풍

푸르른 젊음 뒤에
저무는 계절에도
화려하게 온몸을
불사르는 그대여

청춘보다 눈부신
열정이 아름다워
신선들도 취해서
발걸음을 멈추네

이별 연습

사랑하는 사람들 많으면 고마워하자
먼 길 떠날 때 외롭지는 않겠지
사랑하는 사람들 적어도 아쉬워 말자
이별하기 편하게 신이 내린 은총인 것을

인생살이 해놓은 것 많으면 기뻐하자
다른 세상 홀가분히 살 수 있어 좋겠지
한평생 많은 일 못 했어도 슬퍼 말자
떠난 후에 할 것 많아 덜 심심해 좋은 것을

거리의 음악가

이국적인 선율
행인들 발소리
소녀들 웃음소리
소곤거리는 소리
바람 소리 섞여
자연스러운 오케스트라 연주

행인들의 눈길
박수갈채 소리
미소로 답하고
거리의 음악가
고마운 마음 담아
살아온 뒤안길을 연주한다.